Aux pare

Pour bien des enfants, l'apprentissage de~~s~~
et il n'est pas rare de les entendre se plair.   ~~......~~ cette
matière... et bien des parents n'osent pas leur avouer qu'ils sont du
même avis. Les enfants voient souvent les adultes confortablement
installés en train de lire ou d'écrire, mais rarement ils ont un tel modèle
en train de calculer. Mais le goût pour les maths, ça se développe!

Les histoires faciles à lire de la série « Je peux lire! MATHS » sont
conçues pour initier les enfants aux mathématiques de façon amusante,
permettant aussi de replonger les parents dans un sujet important de la
vie de tous les jours. Les histoires de « Je peux lire! MATHS » rendent les
concepts mathématiques accessibles, intéressants et amusants pour les
enfants. Les activités et suggestions à la fin de chaque livre offrent aux
parents une approche concrète pour susciter chez l'enfant intérêt et
confiance en lui, quand il s'agit de mathématiques.

Les maths... c'est amusant!

- Demandez à votre enfant de raconter l'histoire de nouveau. Plus les
  enfants connaissent l'histoire, plus ils en comprennent son concept
  mathématique.

- Utilisez les illustrations aux couleurs vives pour aider les enfants à
  « entendre et comprendre » le concept mathématique exploré dans
  l'histoire.

- Faites les activités mathématiques en vous amusant. Laissez votre
  enfant les explorer. Attardez-vous aux activités qui suscitent
  l'intérêt et la curiosité de votre enfant.

- Les activités, surtout celles qui impliquent des objets, aident à
  concrétiser des concepts mathématiques abstraits.

L'apprentissage est un processus complexe et l'enfant doit pouvoir se
référer à des objets qui lui sont familiers pour bien saisir le concept et les
représentations mathématiques.

Bien que l'apprentissage des nombres soit fondamental, l'identification
de formes et de séquences, la mesure, la collecte et l'interprétation de
données, le raisonnement logique et la réflexion sur les probabilités sont
aussi importants. En lisant les histoires de la série « Je peux lire!
MATHS » et en faisant les activités dans une ambiance ludique, au lieu
de penser « Je déteste les maths », votre enfant sera encouragé à aimer
les maths!

— Marilyn Burns
Auteure et pédagogue

À Kate et Dave,
qui nous ont toujours donné
leur pleine mesure
— S.K.

À Kelly Welly,
Lindsay Bindsay
et Ryan Fyan
— J.S.

Données de catalogage avant publication
de la Bibliothèque Nationale du Canada

Keenan, Sheila
  Mesure, mesurons, mesurez!

(Je peux lire!. Niveau 2. Maths)
Traduction de : What's Up With that Cup?
Pour enfants de 5 à 7 ans.
ISBN 0-7791-1572-4

I. Snider, Jackie II. Burns, Marilyn, 1941- III. Pilotto, Hélène
IV Titre V. Collection.

PZ24.3K43Me 2002   j813'.54   C2001-903709-0

Édition publiée par Les éditions Scholastic, 175 Hillmount Road,
Markham (Ontario) L6C 1Z7 CANADA

5 4 3 2 1   Imprimé au Canada   02 03 04 05

Mesure, mesurons, mesurez!

Texte de Sheila Keenan
Illustrations de Jackie Snider
Activités de maths de Marilyn Burns
Texte français d'Hélène Pilotto

Je peux lire! — MATHS — Niveau 2

Les éditions Scholastic

Fanny s'amuse beaucoup.
Mais elle oublie que,
dans sa poche,
elle a des sous.

En se balançant,
elle les échappe dans l'étang.
« Il me faut une tirelire,
dit Fanny, pour conserver
mon argent. »

Pas d'argent, pas de tirelire.

En feuilletant un livre,

Fanny a une idée.

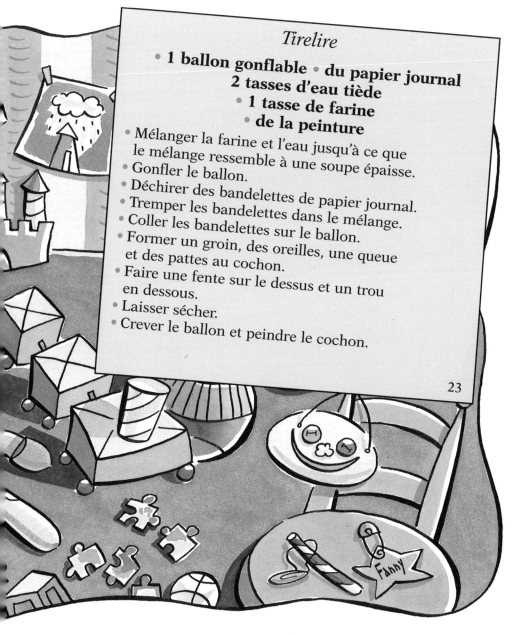

Tirelire

- **1 ballon gonflable** • **du papier journal**
- **2 tasses d'eau tiède**
- **1 tasse de farine**
- **de la peinture**

- Mélanger la farine et l'eau jusqu'à ce que le mélange ressemble à une soupe épaisse.
- Gonfler le ballon.
- Déchirer des bandelettes de papier journal.
- Tremper les bandelettes dans le mélange.
- Coller les bandelettes sur le ballon.
- Former un groin, des oreilles, une queue et des pattes au cochon.
- Faire une fente sur le dessus et un trou en dessous.
- Laisser sécher.
- Crever le ballon et peindre le cochon.

23

« J'ai trouvé! » dit Fanny.

« Tirelire, page 23. »

Elle lit les instructions et dit :

« Je suis capable de faire ça! »

Fanny trouve une cuillère
et un bol à mélanger.
« Il ne manque que les tasses,
et je peux commencer. »

Elle fouille dans chaque armoire.

Elle farfouille dans chaque tiroir.

Il y a des tasses aux formes variées.

Mais... laquelle utiliser?

La recette demande beaucoup d'eau
et un peu de farine.
Fanny remplit la plus grosse tasse
au robinet de la cuisine.

Il lui faut deux tasses d'eau.

« Voici la première!

Pour la deuxième,

une petite tasse fera l'affaire. »

Pour la farine, Fanny a besoin
d'un autre contenant.
Elle choisit une jolie tasse à thé
et la plonge dans le récipient.

Elle commence à brasser.

Ça déborde de partout.

« Comme c'est drôle! » dit-elle.

Fanny s'amuse beaucoup!

Elle prend maintenant
une grande respiration.
Avec l'air de ses poumons,
Fanny gonfle le ballon.

Elle déchire les journaux
en longues bandelettes.
« Je peux commencer, dit-elle.
Je suis prête! »

Fanny trempe le papier
dans le mélange collant.
On ne dirait pas de la soupe...
C'est trop gluant!

Fanny prend la bandelette mouillée
et la pose sur le ballon.
La bandelette ne veut pas coller.
Elle glisse sur le ventre du cochon.

Fanny regarde le bol à mélanger.

« J'ai vraiment tout gâché.

Je vais prendre une autre tasse

et recommencer. »

Fanny verse de la farine
dans une grosse tasse à café.
Puis elle remplit d'eau
deux petites tasses de poupée.

Fanny brasse de son mieux.

C'est difficile!

La farine lui pique les yeux.

Quel dégât dans la cuisine!

« Impossible de brasser, dit-elle.
Le mélange est trop épais. »
Elle essaie de tremper
une bandelette, mais sans succès.

Fanny lave le bol pour recommencer.
Mais quand elle regarde autour d'elle,
elle est découragée.

IL NE RESTE QU'UNE TASSE!

Fanny reste plantée là,
avec de la farine sur le nez.
Elle regarde la dernière tasse...
une tasse à mesurer!

Cette tasse est différente.

Elle sert à mesurer.

Il y a des chiffres

inscrits sur le côté.

« J'ai compris!

dit Fanny en sautant de joie.

Quand je la remplis,

j'ai la même quantité chaque fois. »

« Voilà la tasse qu'il me faut!
Je l'utilise trois fois :
une fois pour la farine
et deux fois pour l'eau. »

Elle prépare son mélange
et colle les bandelettes sur le ballon.
En un rien de temps,
elle a un joli petit cochon!

« Regardez ma tirelire,
dit Fanny avec un grand sourire.
C'est facile à fabriquer...

quand on sait comment mesurer! »

• LES ACTIVITÉS •

Les mesures sont une partie importante et concrète des mathématiques. On mesure la longueur d'un couloir pour voir si un tapis a les dimensions voulues, une quantité de farine pour réussir une recette ou encore la taille des enfants pour voir s'ils ont grandi. Différents instruments servent à mesurer. Le degré de précision dépendra du but recherché en mesurant.

Les jeunes enfants s'intéressent tout naturellement aux dimensions des choses. Dans leurs premières expérimentations avec les mesures, ils comparent des objets entre eux afin de déterminer lequel est le plus gros et lequel est le plus petit, le plus long et le plus court, le plus lourd et le plus léger, le plus épais et le plus mince. S'il leur est impossible de comparer deux objets côte à côte, les enfants se servent en général d'autres choses pour mesurer : bâtonnets, contenants, blocs, etc. Ces objets donnent des mesures imprécises et non standard, mais ils permettent à l'enfant d'apprivoiser le concept des mesures. C'est une bonne préparation à l'étude des mesures normalisées et à la précision.

C'est en voyant leur application dans des exemples concrets que les enfants comprennent l'utilité des différentes mesures (litres, centimètres, kilos, etc.). *Mesure, mesurons, mesurez!* a recours à la tasse à mesurer (en millilitres) dans un contexte familier aux enfants. Cette histoire leur montre combien les mesures normalisées sont utiles et importantes.

La section qui suit propose des activités pour initier l'enfant aux mesures standard. Accompagnez votre enfant dans son apprentissage des mesures et amusez-vous bien!

—Marilyn Burns

Dans chacun des encadrés, vous trouverez des conseils et des suggestions sur les activités.

On raconte l'histoire de nouveau

Quand Fanny se balance, ses sous tombent de sa poche. Elle perd une pièce de vingt-cinq sous et une autre de dix sous. Combien d'argent Fanny a-t-elle perdu en tout?

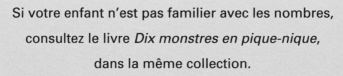

Si votre enfant n'est pas familier avec les nombres, consultez le livre *Dix monstres en pique-nique*, dans la même collection.
Voilà un bon outil pour apprendre aux petits à compter!

Pourquoi Fanny dit-elle qu'elle a besoin d'une tirelire?

Pour faire sa tirelire, Fanny doit mélanger deux tasses d'eau à une tasse de farine. Elle trouve un bol et une cuillère, mais elle ne sait pas quelle tasse utiliser. Que fait-elle alors?

Quand Fanny commence à poser les bandelettes de papier journal sur le ballon, elles glissent! Pourquoi? Fanny fait un deuxième mélange, mais là encore, ça ne fonctionne pas. Que se passe-t-il cette fois?

Finalement, comment Fanny réussit-elle son mélange?

Grosses et petites tasses

Il y a toutes sortes de tasses. Jette un coup d'œil dans les armoires de la cuisine. Quels genres de tasses y vois-tu?

Quand on cuisine, on a souvent besoin d'une tasse spéciale : une tasse à mesurer. Trouve une tasse à mesurer dans la cuisine.

La tasse à mesurer contient 250 ml.

De toutes les tasses que tu as trouvées, lesquelles contiennent autant que la tasse à mesurer?
Lesquelles contiennent plus? Lesquelles contiennent moins?
Vérifie avec la tasse à mesurer et un peu d'eau.

Toutes sortes de cuillères

On trouve aussi des cuillères de toutes tailles et de toutes formes. Il y a des cuillères à soupe, à café, à mélanger et bien d'autres encore. Combien de sortes de cuillères crois-tu qu'il y a dans ta cuisine? Voyons combien tu peux en trouver.

Les cuillères à mesurer sont utiles pour faire la cuisine. Ce sont des cuillères spéciales qui contiennent une quantité précise. Trouve un ensemble de cuillères à mesurer dans ta cuisine. La plus grosse contient 15 ml, soit l'équivalent d'une cuillère à soupe. La deuxième contient 5 ml (environ une cuillère à café), la troisième, 2 ml, et la dernière, 1 ml.

Combien de grosses cuillères faudrait-il pour remplir d'eau la tasse à mesurer? Essaie pour voir.

Cuisi-math

Cette recette donne environ 24 boules au beurre 'arachide. Mesure bien tous les ingrédients. Mets-les dans n bol et mélange. Puis prends une cuillerée à café du hélange dans tes mains et forme une boule.

Mélange :

250 ml de beurre d'arachide

125 ml de flocons d'avoine

125 ml de lait en poudre

125 ml de raisins secs

30 ml de miel

Pour un enfant, la meilleure façon de se familiariser avec les mesures normalisées, c'est de les utiliser de façon concrète. Cette recette lui permet d'apprendre à mesurer avec la tasse et les cuillères à mesurer.

C'est réglé!

Essaie de mesurer la longueur de la cuisine avec tes pieds. Compte combien de pas sont nécessaires pour la traverser. Demande à un autre membre de la famille de faire la même chose.

Les résultats sont différents parce que les pieds sont de tailles différentes. Voilà pourquoi on utilise les centimètres pour mesurer. Essaie de trouver une règle dans la maison. (Elle devrait ressembler à celle illustrée ci-dessous, mais bien droite et plus longue.) Utilise-la pour mesurer la cuisine. Combien de centimètres obtiens-tu?

Mesure d'autres objets avec ta règle.

Combien de centimètres le réfrigérateur mesure-t-il? La table? La porte?

Maintenant, essaie de te mesurer. Combien de centimètres obtiens-tu?

Une règle aide votre enfant à se familiariser avec les centimètres, une mesure importante dans le calcul de la longueur des choses.